Írta Dr. Michael Mamah
Illusztrálta Eric Walls

Feleségemnek, Katinak,

Három gyermekemnek, Lizinek, Vickynek és Mikeynak,

Unokahúgaimnak, Caroline-nak és Sophie-nak,

Szüleimnek, Juditnak és Okpomának,

Testvéreimnek, Tonye-nak, Ebiniminek, Marikának és Terikének,

Nagyszüleimnek, Nagymaminak, Nagyapának, Opumamának és Opupapának,

Nagynénéimnek és nagybátyáimnak, Aci néninek, Pötyi néninek, Bori néninek,

Berci bácsinak, Comfortnak, Dorcasnak, Ivotarinak és Bartók Péternek

TINY, A NYISZLETT BÖLÉNY

Illusztrálta Eric Walls
www.ericwallsillustration.com

Nyomdai munkák: Egyesült Államok.

ISBN 978-1515008989

TARTALOM

1

Havas rét

Havas, hideg éjszaka volt a gyönyörű, nagy mezőn, a csodálatos dombokat vastag hótakaró fedte. Csak a hold és a csillagok világítottak, amikor feltűnt egy nagy teherautó fényszórója. A fényszóró fénye gyorsan mozgott a csúszós úton, amely hosszan, keskenyen kanyargott a földek között, majd egy nagy, széles szikla mellett vezetett el.

Brrrm... erőlködött a motor. A teherautó nagyon gyorsan haladt, aztán egyszer csak megpördült a jégen. Bumm! A teherautó felborult, majd egy darabig még csúszott a jeges úton.

– Mi volt ez? – kiáltott fel Grakram, a nagy barna bölény a mező közepén.

– Nemtom, nézzük meg – felelte Mázoly, egy másik idős bölény.

A két bölény sietve elindult az összetört teherautó felé. A nagy, fehér jármű az oldalán feküdt. Nagy, piros felirat díszelgett rajta: „Murray Cirkusza." A jobb első kerekek még mindig forogtak, és gőz gomolygott a motorháztető alól. A teherautó oldalán nyitva volt egy ajtó. Félig kilógott belőle egy ketrec, ami elgörbült és kinyílt az ütközéstől.

Grakram és Mázoly odaértek, és döbbenten nézték. Mialatt a bölények az összetört teherautót bámulták, a törött ketrecből egy kis oroszlánkölyök mászott ki reszketve a hóba.

Grakram meglepetten nézte a kis állatot.

– Szerinted mi ez?

– Sose láttam ilyet – mosolyodott el Mázoly. – Milyen aranyos!

Ez nem meglepő, mert Amerikában, ahol a bölények élnek, nem él vadon oroszlán.

– Szia, picur! – Grakram is elmosolyodott, és megsimogatta a kölyköt. A kisoroszlán még mindig reszketett, de dorombolt, mint egy macska.

RÁRRR!! Egyszer csak egy nagy hímoroszlán ugrott ki a teherautóból, nekirontott Grakramnak, a földre döntötte és megkarmolta a pofáját.

– Segítség!– zihálta Grakram.

– Jövök, tarts ki! – kiáltotta Mázoly, és futott, hogy megmentse. Mázoly neki akart rontani az oroszlánnak, de megcsúszott a jégen, és a teherautót találta el, ami csúszni kezdett. A ketrec a teherautóhoz volt láncolva, az oroszlán pedig a ketrechez, így mind együtt mozdultak, csúsztak a jégen.

A teherautó egyre gyorsabban csúszott, végül leesett a szikláról és magával rántotta a ketrecet az oroszlánnal együtt. Mind lezuhantak...

- *Ez* meg mi volt?– sóhajtott Mázoly, a sebesült Grakramhoz fordulva.

– Szörnyeteg, amilyen ez a kicsi is lesz, mikor felnő – dadogta Grakram, miközben feltápászkodott. – Végeznünk kell vele.

Mázoly a kisoroszlánhoz sietett, hogy elállja Grakram útját.

– Nana, mi nem vagyunk gyilkosok.

– Viccelsz?– tiltakozott Grakram. – Mihez kezdesz vele?

– Felnevelem, mintha a sajátom lenne – mosolygott Mázoly, és megsimogatta az oroszlánkölyköt.

– Meg fogod ezt még bánni – mordult fel Grakram, azzal mérgesen elfordult.

2

Oroszlánkölyök

Néhány hónappal később, egy napsütéses nyári napon a rétek és a dombok ragyogó zöldjét sárga virágok tarkították. Madárdal szólt, a méhek pedig virágról virágra szálltak. A folyó is szép volt, ahogy kék színben játszva keresztülfolyt a mezőn. Fiatal bölények játszottak éppen a fűben, amikor megérkezett az oroszlánkölyök, hogy beálljon közéjük.

– Nézzétek csak, ki van itt – nevetett fel Jay, az egyik fiatal bölény.

A többiek is az oroszlánkölyökre néztek.

– Itt van Tiny, a nyiszlett bölény– kiáltotta Jay nevetve.

– Miért hívtok folyton így?– kérdezte Tiny, az oroszlánkölyök, miközben felpillantott Jayre.

– Mi mind nagyok vagyunk– felelte Jay – te meg egy csökött kis törpe vagy.

– Ez nem valami kedves tőled – sóhajtotta Tiny, és leszegte a tekintetét.

- Nézzétek csak- gúnyolódott Jay. A bölények mind nevetni kezdtek Tinyn, aki sírva oldalgott el.

Néhány hónap múlva őszi szél fújt már a mezők felett. A fák levelei hullani kezdtek. Szőrszél tanárnő, egy idősebb bölény, a vele szemben álló fiatal bölényeket tanította, akik figyelmesen hallgatták... mindannyian, kivéve az oroszlánkölyköt, aki aludt.

- Tehát ez a legfontosabb bölcsesség, amit ma útravalóul kaptok - magyarázta Szőrszél tanárnő. - És... - folytatta, aztán elhallgatott, mert észrevette, hogy Tiny alszik. - Tiny, Tiny!- kiáltott rá Szőrszél tanárnő.

Tiny tovább aludt.

- Ha-ha ha-ha!- tört ki a bölényekből a nevetés. Tiny felébredt, és zavarba jött.

- Ennyi, tartsunk szünetet- mondta Szőrszél tanárnő az osztálynak, és a bölények kirohantak játszani.

- Sajnálom, Szőrszél tanárnő- mondta Tiny.

- Tiny! Beszélnünk kell- kezdte Szőrszél tanárnő szigorúan.- Elég baj, hogy ilyen kicsi vagy. De nem csak a külsőd szánalmas. A jellemeddel is bajok vannak - korholta Tinyt.

- Tessék?- kérdezte eléggé meglepetten Tiny.

- Olyan lusta vagy!- mondta Szőrszél tanárnő.

- Sajnálom, hogy elaludtam az órán. Többé nem fog

előfordulni– fogadkozott Tiny.

- Nem ez az első eset– magyarázta Szőrszél tanárnő– és Tiny, a többiek egész nap talpon tudnak lenni, te pedig néhány perc után mindig lefekszel.

- Elfáradok, ha talpon kell lennem - próbált védekezni Tiny.

- Badarság! Ez színtiszta lustaság– szakította félbe Szőrszél tanárnő. - Fáj, hogy ezt kell mondanom, még sosem mondtam ilyet, amióta tanítok. *Te* reménytelen eset vagy. Nem lehet veled mit kezdeni – folytatta a tanárnő, és csüggedten ingatta a fejét.

- Tudom - bólogatott Tiny, és hiába próbálta visszatartani a könnyeit. Majd szemlesütve eloldalgott.

3

Igyekezet

Tiny nőtt, gyarapodott, egyre erősebb és okosabb lett – vagy mégsem? Társaival, a vele egyidős bölényekből álló csordával vonult. Együtt voltak kicsik, és együtt növekedtek. Tiny megtett mindent, ami telt tőle, hogy beilleszkedjen. Próbált olyan jó lenni, mint a többiek.

A nap fényesen ragyogott. Meleg volt, az út pedig hosszú.

A többiek nem fáradtak? Én vagyok az egyetlen, aki le akar feküdni? Ez járt Tiny fejében, miközben igyekezett lépést tartani a csordával. Csodálta a többieket, hogy milyen magasak és erősek. *Meg tudom csinálni. Nem szabad látniuk, hogy fáradok,* biztatta magát Tiny.

– Rendben, srácok, a következő feladat, termést kell hozni az akácfáról – jelentette be Jay, a legnépszerűbb fiatal bölény a csordában.

– Aha, hát nem nagyszerű?– mosolygott Tiny, ahogy közeledtek a nagy akácfához.

- Rendben, Tiny, tiéd a pálya. Hozz te elsőnek a termésből- mondta Jay, és ravasz mosollyal pillantott le Tinyra.

- Rendben- felelte Tiny, miközben felfelé bámult a magas ágakról csüngő termésekre. Felugrott, hogy felmásszon a fára, de lecsúszott a törzsén.

- Ó, hogy az a... - kiáltott fel Jay a fejét rázva, és nevetni kezdett.

- Próbálom, de nem sikerül!- sírta Tiny.

- Figyelj, és tanulj! - mondta Jay, azzal félretolta Tinyt. Jay fejjel nekirontott a fának, és rengeteg termés potyogott a földre. A többiek tülekedtek, hogy felszedhessék őket.

- Jaj, de buta vagyok! Hát persze! Így már igazán könnyűnek tűnik - állapította meg Tiny. Nekifutott és fejjel a fának rontott, ahogy azt Jay is tette. De egy termés sem esett le. Csak púp nőtt a fején, miközben lerogyott a földre. - Jaj, a fejem- siránkozott Tiny.

A bölényekből kitört a nevetés.

- Ez állati.

- Ez már röhejes!- nevetett Jay.

- Én igyekeztem- védekezett Tiny.

- És ennyire futotta? Jaj, az oldalam, nem bírom abbahagyni a nevetést, rettenetesen vicces vagy!- kacagott Jay.

- Reménytelen eset vagyok. Szőrszél tanárnőnek igaza volt - zokogott Tiny, majd sírva odébbállt.

Egyedül bandukolt a mezők felé. Alfi, a bölény, aki a barátja volt, észrevette.

- Tiny, mi a baj? - kérdezte.

- Folyton piszkálnak– válaszolta Tiny.

- Ne is törődj velük! Jó fej bölény vagy, és te vagy a legjobb barátom. - Alfi mindent megtett, hogy megvigasztalja kis pajtását.

Tiny megállt, és felpillantott Alfira.

- Tudod, mi fáj a legjobban? Az, hogy tudom, hogy igazuk van. Reménytelen eset vagyok. Semmire sem vagyok jó.

- Nem, ez nem igaz– tiltakozott Alfi.

Alfinak ez járt a fejében: *Bárcsak ne lenne igaz, de az. Nem tudom, hogyan vigasztaljam meg. Azon kívül, hogy a legédesebb, legérzőbb szívű bölény, semmi jót nem tudok mondani róla.* Alfi Tinyra nézett, majd nagyot sóhajtva magára hagyta.

4

Az árví

Tiny a fűben heverészett, pihent. Gyönyörű, napsütéses idő volt. A bölények a fűben játszottak, vidám, élénk volt a hangulat. Tiny felnézett, és elmosolyodott.

– Micsoda kellemes, gyönyörű napunk van! El sem tudok képzelni semmit, ami ezt a tökéletes nyugalmat megzavarhatná.

– Fiatalok, gyertek gyorsan! – Grézi néni, egy középkorú bölény hívta őket hangosan. Szemlátomást nagyon feldúltan rohant feléjük. – Átszakadt a gát, eláraszt minket a víz! Minden segítségre szükségünk van! – folytatta.

A bölények a folyó felé vágtattak. Tiny is felpattant, készen arra, hogy a nap hőse legyen.

A folyóhoz érve borzalmas látvány fogadta őket. A folyó kiáradt, és az idősebb bölények nagy köveket és farönköket lökdöstek és taszigáltak, hogy a folyó útját állják, nehogy az elérje a falut.

– Gyerünk, mindenki hozzon egy fatörzset vagy egy sziklát, és segítsetek!– kiáltotta Mázoly, a bölcs öreg bölény.

A fiatalok rohantak, hogy kőtömböket és farönköket mozgassanak meg. Tiny megállt egy pillanatra, és lenyűgözve figyelte, hogy a barátai milyen könnyedén emelik fel a nagy köveket és farönköket. Vett egy mély levegőt, összeszedte minden erejét, és a legközelebbi farönk felé szaladt. *Meg tudom csinálni! Segítenem kell nekik!*

– Mmmm! – Tiny küzdött, hogy a társaihoz hasonlóan fel tudja emelni a farönköt, de meg sem bírta mozdítani. – Aaaaa! – De hiába kínlódott.

Jay észrevette, hogyan küszködik Tiny.

– De most komolyan, hogy lehet valaki ennyire mihaszna? – kiáltotta dühösen.

– Gyerünk, Tiny, most nem lehet lustálkodni – mordult Grakram, Jay nagybátyja.

– Próbálom, de nem sikerül! – kiabálta Tiny kétségbeesetten.

Alfi rögtön odasietett, hogy segítsen a barátjának megmozdítani a farönköt.

– Gyerünk, Tiny, segítek. – Alfi könnyedén felemelte a farönköt. Tiny feltette a mancsát a rönk végére, hogy segítsen, de magában arra gondolt, hogy *Jól megy ez Alfinak nélkülem is! Nem tudom, segítek-e neki egyáltalán.*

– Ez még csak nem is vicces. Próbáljuk megmenteni a falut, te meg csak hátráltatsz minket!– csattant fel dühösen Jay.

– Tudod mit, Tiny? Tűnj el az útból! Az a legtöbb, amit tehetsz– mondta Grakram szigorúan.

Tinynak eleredtek a könnyei.

– Rendben – sóhajtotta, és eloldalgott, de közben visszanézett a hősiesen szorgoskodó bölényekre.

A mezőre leszállt a sötétség. A bölényeknek végül sikerült megfékezniük az áradatot. Kimerülten ballagtak vissza a faluba. Mázoly egy fa közelében pihent éppen egy keveset, amikor az unokaöccse, Alfi odament hozzá.

– Ügyes voltál, fiam! Sikerült megmentenünk a falut – dicsérte a már nem is olyan kicsi unokaöcsikéjét Mázoly.

– Köszönöm – sóhajtotta Alfi, majd fejét lehajtva lassan odébb sétált.

– Várj, mi a baj? – kérdezte Mázoly, bölcs arckifejezéssel.

– Semmi – motyogta Alfi.

– Gyerünk, nekem elmondhatod – nógatta Mázoly.

– Csak az, hogy az élet olyan igazságtalan – pillantott Alfi a nagybátyjára.

– Mire gondolsz? – kérdezte meglepetten Mázoly. Nem értette, Alfi hogy lehet szomorú, amikor ilyen hősiesen megmentették a falut. Ilyenkor örülni kellene, nem szomorkodni.

– Tinyról van szó – bökte ki Alfi halkan. – Olyan rendes srác. De amellett hogy kicsi és gyenge, minden másban is ügyetlen. Mindenki csak piszkálja. Úgy sajnálom őt.

Mázoly elmosolyodott.

– Ne becsüld alá Tinyt! Erősebb, mint hinnéd – mondta mély hangon.

Alfi teljes döbbenettel nézett Mázolyra.

– Mire gondolsz? Tudom, hogy komolyan mondod, te nem szoktál viccelődni.

– Több van benne, mint amit első ránézésre gondolnál – mondta Mázoly.

– Nem csak én gondolom így, mindenki szerint hasznavehetetlen– felelte Alfi összezavarodva.

Mázoly megnyugtatóan mosolygott Alfira. Összeráncolta a homlokát, és az esti szél megcirógatta az ősz szőrszálakat a pofáján.

– Csak azért, mert mindenki azt mondja, attól még nem lesz igaz valami – jelentette ki.

Alfi összezavarodott, próbálta kibogozni, amit Mázoly mondott.

5

Az erőszakos bölény

Jay a barátaival sétált.

– Úgy unatkozom! – méltatlankodott.

– Ja – értett egyet Bandi. Bandi is bölény volt, Jay barátja, vagy nevezhetnénk inkább a csatlósának is. Jay volt a legnépszerűbb a bölények között. Úgy tűnt, bármit is mond vagy tesz, a többiek, köztük Tiny is, csodálják és követik őt.

Jay észrevette a mellettük elsétáló Tinyt, és nem tudta megállni megjegyzések nélkül.

– Akármi legyek, ha nem ő a leglustább, leghaszontalanabb lény az egész világon – gúnyolódott.

– És én még azt hittem, hogy ez a nap nem lehet pocsékabb – állapította meg undorodva Bandi.

Jay megállt, felcsillant a szeme.

– Ellenkezőleg – mondta. – Szerintem meg pont felvidítana, ha jól helybenhagynánk Tinyt.

Tiny döbbenten nézett Jayre. – Úgysem tennél ilyet!

– Tudod, hogy megérdemled– cukkolta Jay, és közelebb ment a rémült Tinyhoz.

– Ne!– könyörgött Tiny.

– Kapjuk el, srácok!– kiáltotta Jay. A parancsára a bölények szegény Tinyra rontottak. Tiny rohanni kezdett, de elcsúszott a füvön, és a bölények utolérték. Jay hatalmas szarvával Tiny oldalára csapott.

– Áááá! – sikoltotta Tiny.

– Ez nagyon jó! – kiáltotta Bandi izgatottan.

– Hagyjátok abba! – bömbölt rájuk Samu. Samu nagy, erős bölény volt, Alfi bátyja. Talán ő volt az egyetlen a csordában, akinek az ereje felért Jay erejével, és lehet, hogy még nála is nagyobb és erősebb volt.

– Ugyan, miért akarnád *őt* megmenteni? – kérdezte Jay.

– Na jó, tűnjetek el! – felelte Samu szigorúan. Jay és a barátai meghátráltak, és szót fogadtak.

– Köszönöm – mondta Tiny könnyes szemmel.

– Gyere, megsérültél? – kérdezte Samu, miközben felsegítette Tinyt.

– Csak az oldalam fáj – válaszolta Tiny.

– Gyere, Tiny! Grézi néni ad majd valami finom meleg italt –

mondta Samu vigasztalóan.

– Köszönöm még egyszer– nyögte Tiny, ahogy elindultak.

Pár nap múlva, estefelé, néhány órával naplemente előtt, Tiny éppen vizet ivott a folyónál, amikor Jay, aki kivételesen egyedül volt, észrevette.

Nicsak, ki van itt! Tiny! Itt a lehetőség, hogy jól elpáholjam! – gondolta Jay.

– Tiny, Tiny, hol van Samu, a megmentőd?– kérdezte Jay megvetően, ahogy közeledett Tinyhoz.

– Hagyjál békén – vágott vissza Tiny Jayre pillantva.

– Tudod, hogy megérdemled, hogy elverjelek. Most duplán megbüntetlek, amiért a múltkor megúsztad a verést. Ezt hívják kamatos verésnek – közölte Jay.

Tiny hátrált, de ott volt mögötte a folyó. Hamar ráébredt, hogy nincs hova menekülnie.

Jay megrúgta, ő pedig a földre került.

– Jay, ne csináld! Sajnálom – siránkozott Tiny.

– Még csak el sem *kezdted* sajnálni – mondta Jay, majd a szarvával megemelte Tinyt, és lehajította egy sziklára.

Tiny a sziklára zuhant, és nagy fájdalmasan próbált feltápászkodni, de rá kellett jönnie, hogy a kínzás még nem ért véget.

– Kérlek ne! – könyörgött.

Jay szeme vérben forgott és ijesztő volt. Mellső patájával a homokot kaparta, majd teljes erőből Tinyra rontott.

Tiny nagyon megrémült.

– Neeee!– kiáltotta, ahogy Jay egyre közelebb ért. Ekkor Tiny... *ORDÍTOTT!!* Felugrott, Jay nyakára vetette magát, amikor az még támadásban volt. BUMM! CSATT!! Jay a földre zuhant.

Tiny a földhöz szorította Jayt, nagy fogaival tartotta a nyakát.

– Nem ka-kapok levegőt – zihálta Jay.

Meglepődve attól, amit tett, Tiny leugrott Jayről.

Jay is meglepődött. Felkászálódott, Tinyra nézett, majd lassan elballagott.

6

Farkascsorda

Jay a falutól távolabb, egy köves réten sétált és nevetgélt a barátaival.

– Ez nagyon vicces! – nevetett Bandi.

– Az, de tudok egy másik történetet is – felelte Jay. Megállt, mert mintha morgást hallott volna, és azt látta, hogy egy farkascsorda kezdi bekeríteni őket.

– Jay, azt hiszem, bajban vagyunk – suttogta rémülten Bandi.

Jay és három bölénybarátja a félelemtől reszketve bújtak össze. A farkasok morogva körbevették őket. *Mihez kezdjünk?* – gondolta reszketve Jay.

Ekkor valami rendkívüli történt. A farkasok a bölények mögé pillantottak, és döbbenten elrohantak. A bölények ezen igazán meglepődtek.

– Mi volt ez? Mitől ijedtek meg?– kérdezte Bandi, és körülnézett, hogy lássa, mi ijeszthette el a farkasokat.

Nem hitt a szemének, amikor meglátta, hogy Tiny közeledik feléjük.

- Sziasztok, srácok! - mosolygott Tiny.

Bandi Jayhez fordult:

- Miért félnek tőle? Ő a leggyengébb az egész csordában.

Jay sem értette, de megkönnyebbült. Összeszedte magát, és így szólt a barátaihoz:

- Gyerünk, menjünk! - A bölények megfordultak és Jay után indultak, de időnként még hátra pillantottak Tinyra.

Aznap este csepergett az eső. A hold ragyogott. Grakram egy fa mellett pihent, amikor Jay odament hozzá.

- Grakram bácsi, beszélhetek veled? - kérdezte.

- Mondd csak - biztatta vigyorogva Grakram.

- Van valami, amit nem értek- mondta Jay.

- Mi az? - húzódott közelebb Grakram az unokaöccséhez.

- Ma megtámadott minket egy farkascsorda- mondta Jay.

- Jaj, ne! Minden rendben?- kérdezte aggódva Grakram.

- Igen, semmi gond- nyugtatta meg Jay. - Nagyon kínos, de a farkasok azért futottak el, mert megijedtek Tinytól. Hogy lehet ez?

Tényleg ilyen buták a farkasok?

– Ne becsüld alá Tinyt, Jay! Több van benne, mint amit első ránézésre gondolnál– mondta Grakram.

– Miről beszélsz? Hiszen ő olyan gyenge és hasznavehetetlen! – vágott közbe Jay, aki teljesen elképedt nagybátyja tanácsán.

– Tiny veszélyes – folytatta Grakram, és végigsimította a sebhelyet, ami arra emlékeztette, hogy mit tett vele Tiny apja. – Le kell őt taposni! Ne hagyd, hogy rájöjjön, mire képes – figyelmeztette Grakram, mielőtt elfordult a sötétbe.

7

Pumák a mulatságon

Vidám nap volt a bölényfaluban. A fiatalok és idősek együtt táncoltak, nevettek, nagy vígan ettek-ittak. Tiny is táncolt. Elfeledte minden bánatát ennyi boldogság és szeretet láttán. De meddig?

Jay ment oda hozzá.

– Tiny, Tiny. *Te* minek örülsz ennyire? – kérdezte.

– Ugyan már, Jay, buli van!– mosolygott Tiny, és próbálta megőrizni a jókedvét.

– Még mindig te vagy a legkisebb és a leghaszontalanabb közülünk – folytatta Jay.

Alfi észrevette, hogy a barátja bajban van, és a segítségére sietett.

– Hagyd abba, Jay! Hagyd már békén!– szólt rá Alfi.

Jay nevetett, a barátaira nézett, aztán vissza Tinyra.

– Nézzétek a puha patáit! Nem is tud sokáig állni rajtuk. Annyira gyenge.

– Hagyd abba, Jay!– kiabálta Alfi.

– Igaza van– szakította félbe Tiny, majd sírva elrohant.

– Ha-ha-ha– nevetett Jay diadalmasan.

– Ez mire volt jó?– kérdezte Alfi.

A többi bölény nevetett.

– Hát ez nagyon jó, Jay. Nem is gondoltam, hogy ilyen jó buli lesz! – dicsérte Bandi Jayt.

Grakram lépett Jayhez, és a fülébe suttogta:

– Csak így tovább. Még néhány ilyen nap, és örökre elmegy.

– Igen– mosolygott Jay egyetértően a nagybátyjára.

A mulatság folytatódott, a bölények tovább táncoltak. Éjjelig mulatoztak, amikor már a hold és a csillagok is fenn ragyogtak az égen. Úgy tűnt, semmi sem vethet véget a táncnak és a vigasságnak – amikor tíz nagy puma tűnt fel.

– Jaj, ne!– sikoltott fel Grézi néni.

A pumák morogva közeledtek. Mázoly aggodalmas arckifejezéssel elindult.

– Hova mész?– kiáltotta Grézi néni.

– Tinyért– felelte Mázoly, azzal elsietett.

– Micsoda? Minek hozod őt ide?– kiáltotta meglepve Grézi néni.

Kezdetét vette a rettenet. A pumák ordítva támadtak a bölényekre, néhányukat meg is sebezték. Eközben Mázoly a rét sziklás részén kétségbeesve kereste Tinyt.

– Tiny, Tiny– kiáltozta újra meg újra.

A mulatság helyén a sérült bölények fel-alá rohangáltak, a pumák harapták, karmolták őket.

– Segítség! Segítsen valaki! – kiabálta Jay.

– Végünk, az egész falu elpusztul!– sikoltotta Szőrszél tanárnő.

Úgy tűnt, itt a vég.

De ekkor...

Megérkezett Mázoly Tinyval.

A pumák felnéztek, és hátrálni kezdtek, el a meglepett bölényektől.

– Mitől félnek?– kérdezte meglepve Szőrszél tanárnő.

– Tinytól? – kérdezte a szintén meglepett Jay.

– Hogy lehet ez?– kérdezte Szőrszél tanárnő. Ez nem illett a képhez, ami a volt tanítványáról élt benne.

A pumák hátráltak, és a vezérük háta mögött gyűltek össze. A vezérpuma összeszedte a bátorságát, és előrelépett, majd biztatni kezdte társait!

– Ugyan már, fiúk! Ő egyedül van, mi pedig tízen. Kapjuk el! - kiáltotta a vezérpuma, és a pumák dühösen Tinyra támadtak.

Tiny megrémült.

– Segítsetek!– kiáltotta.

A vezérpuma megkarmolta és beléharapott, ám ekkor Tiny megint *ORDÍTOTT* egyet,– *ÁÁÁÁÁÁRRR!!*

Azzal felugrott, rávetette magát a vezérpumára, és egy nagy harapással félrehajította őt. Három puma a vezér segítségére sietett, de Tiny erősen odacsapott a karmaival, és azok a földre zuhantak. A többi pumát megdöbbentette a látvány, meg is fordultak, és kissé távolabb húzódtak.

A vezérpuma fájdalmasan pillantott fel.

– Jaj, jaj– nyöszörgött sebzetten.

A nagy szürke puma felkiáltott:

– Én eltűnök innen! – Azzal pumák szétszéledtek.

A bölények Tiny köré gyűltek. Alfi odament a barátjához.

– Köszönjük, Tiny – mondta.

Szőrszél tanárnő így szólt:

– Megmentettél minket!

Mázoly a rét egy magasabb részéhez sétált, és emelt hangon megszólalt:

– Khm. Szeretnék bejelenteni valamit.

Minden bölény a bölcs öreg felé fordult.

– Úgy gondolom, mindannyian köszönettel és bocsánatkéréssel tartozunk Tinynak. Ez mindnyájatoknak lecke volt. A külső megtéveszthet. Lehet, hogy valaki haszontalannak és gyengének látszik, és mégis hatalmas erő és lehetőségek rejlenek benne.

Tiny mosolyogva nézett fel Mázolyra.

Jay törte meg a csendet.

– Tiny, annyira sajnálom– mondta zavartan.

A bölények ünnepelni, kiáltozni kezdtek:

– Tiny, Tiny, Tiny, Tiny!

Tiny könnybe lábadt szemmel mosolygott.

– Köszönöm, barátaim.

VÉGE

CPSIA information can be obtained at www.ICGtesting.com
Printed in the USA
LVIW01n1127290815
452039LV00004BA/55